あたたかいもの

AMANE

天音

文芸社

人と人はあたたかい
私はそう思います
心と心のつながり
男・女・年齢なんて関係なく
あたたかなものがたくさんある
離れていても同じ距離、同じ温度でいられる
触れること・見ること・聞くこと
人として大切なものは感性
心が豊かであること

公園のベンチで1人　風に吹かれてみる
私はどこにいるのだろう
これからどこへ　ゆくのだろう
淋しさや　あせりでいっぱいになる
しばらく風に吹かれていよう

人に傷つけられ いろいろなもの失った
今でもトラウマとして残る
でも私は人が好きだ
人を信じないと生きてこれなかった
救ってくれるのも 人なんだ

いつも全力で走ってないと不安だった
弱さを見ぬかれそうで
それなに頑張らなくてもいいんだよ
誰かにそう言ってもらえるのまってたのかも

私の居場所なんて
どこにもないような気がした

汚れてる
一番つらい時に浴びせられた言葉
あたり前に そこにある家族の愛
ずっとそれが欲しかった

皆 愛されたいと思っているはず
あたり前に愛されること
見守ってくれる誰かがいること 感じられなかった
んだね
人を傷つけることは いけない
でも彼らにも心がある
どうしてそれなことをしてしまったのだろう
怖がったり 特別な目で見るだけじゃ
彼らは変われない
彼らは本当の自分を
そのままの自分を 無条件で愛してほしかった
わかってくれる人、見守ってくれる人が
1人でもいたら...
いつも ここにいるよって
言ってほしかったんだ

世間体がそれなに大事？
子供の心の傷よりも

触れること
触れて感じることは心とつながってる

逃げないで自分と向きあうこと
人と向きあうこと

ホワイトデー。あれ？私あげてないよ
卒業式。第二ボタン？たのんでないよ
友達の結婚式。感動する私に
泣くなよ！とあいつ…ボロボロ泣きながら
純粋なんだ　いつも素直なあいつ
そんな穏やかな空気の中にいる

卒業して5年
彼とつきあい始めた

なつかしいアルバム
開いてみたら　彼からのメッセージ
『今度会う時は恋で出会うネ』
きづかなかった　あなたの気持ち
きづかなかった　いつも側にいてくれたコト

こんな奴と結婚しないよ
皆にからかわれて 否定しながら
テーブルの下で 私の手 にぎりしめた

肌のぬくもりを 感じた
抱きしめられることは 気持ちいい
愛のある腕

ねえねえちょっといい？
いつもそうやって　やってくる彼の母親
彼の部屋に　いつも2人
大好きなお母さん
なんだよ！なんて言いながら
母親を大切にしてた彼
私の仕事が忙しく　すれちがってしまったね
私は自分の夢を大切にしてしまったね
別れを決めた時　誰よりもショックを
受けて泣いてた　お母さん
もう2度と会うことは　ないけれど
大切な大好きな　お母さん
元気でいて下さい

バリバリ仕事をしたい
そう言った彼女が3人の子を持つ母となり
早く家庭がほしい　そう言った私が
結婚より仕事を選んだ

年に2回くらいしか会えない友達
なのにいつも変わらぬ会話
昨日も会っていたような空気
明日も会うような別れ方
ずっとこんな感じなんだろう

ステージでサックスを吹くあなたは
キラキラしてた
ステージをおりて笑うあなたは
無邪気だった
自転車を乗りまわしてる少年みたいな顔
夜中にかかってくる電話
あなたの本音
ふざけて後ろから抱きしめられた大きな腕
〃君が元気になるような曲つくりたい〃
あなたは私にパワーをくれる

真夜中 TELが鳴る
酔っぱらって ベンチで横になりながら
語るあいつ
いつだって かっこつけてたくせに…
よかったよ ベンチで1人
遠くをながめてたり しなくて
よかったよ 思いだしてくれて
いいとこばかり 見せなくていいんだから

笑っているのに 哀しい瞳

不器用なところがスキ
うまく生きれない あなたがスキ

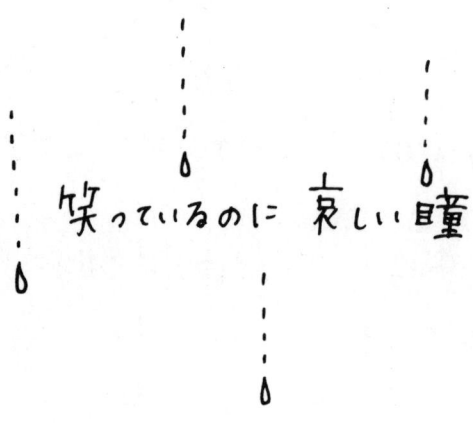

私が側にいるよ
あなたを1人にはしない

女の気持ちがわからん
と 他の女を 想う彼
わかるハズないよ
こんな近くにいる 私の気持ちにすら
きづかないのだから

近いのか遠いのかわからなくなる

信じてる　あなたのパワーを
信じてる

自分のこと嫌いにならないで
責めたりしないで
私はこんなにも　あなたを大切に
思ってるのだから

まちがってた
私の優しさ まちがってた
すべて受け入れて「大丈夫？」というのは
少し ちがう
「大丈夫だよ」と背中を押してあげなきゃ
一緒になって落ちこんでても 仕方ない

離れていても
同じ温度でいられる

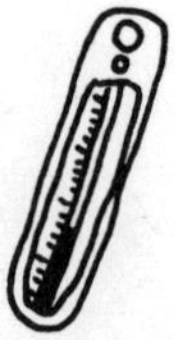

負けないように 枯れないように
笑って咲く花になろう
ミスチルの歌
何度も 口ずさんだね
いつもこの歌が支えだったね
今 あなたは 笑って咲いてる
キレイな花だよ
結婚 おめでとう

花-Memento-Mori-

眠れない夜
静かな夜に時計の音だけひびく
そんな空気にたえられず
彼女は手首を切った
責めることも　なぐさめることもできなかった
その暗闇が　私にもわかるから

彼女の母親
強くて優しい　やわらかな笑顔
最後まで病気と戦っていた
強くて優しい　素敵な女性
あなたの見せる笑顔は
お母さんと同じ
強くて優しい

彼の最後の笑顔
ドラマーの彼
最終ステージのあと　いつものように
笑いかけて「おつかれ」と言った
つまらない事で意地を張ってプイと
顔をそむけた私
それがこの世で最後の彼の笑顔となった
帰り道での事故だった
ボロボロのヘルメット　買いかえなきゃ　なんて
言ってたのに・・・
彼には大切な家族がいた
もう愛する人を抱きしめることできないんだね
守ることできないんだね
彼が最後に見せてくれた笑顔
ごめんね　顔をそむけて
彼がいなくなって思った
つまらない意地なんて張らずに
素直にごめんねって言おう
愛してる人に愛してるって言おう
ありがとうって言おう
かっこ悪くてもいい　みっともなくてもいい
生きているから伝えられる

毎日いろんな人とすれちがいます
その人達がどんなことを思い
どんなふうに どこへ行こうとしてるのか
わかりません
皆苦しいこと 哀しいこと かかえてるのかも
すれちがうだけでは わからない
毎日たくさんの人と 出会ってるはずなのに
私が知ってるのは
たくさんの人の中の 極一部なんだね
その中で誰かが誰かを 傷つけ
たり、苦しませたり、優しくしたり。
抱きしめたり いろんな思いがあるね
生きているうちに 出会う人と
あったかいなって 思いあえたら
幸せだね

寝たきりのほとんど表情のない患者
さんが 彼女が手をにぎると笑う
彼女が側にいると 穏やかな顔を
する
彼女は言う
イヤな事があっても
もう来たくないと思っても
患者さんがまってるから私はここへくると
私なんていなくても かわりはいるだろうし
仕事なんて なんとかまわるだろうけど
患者さんがまってるから って
彼女はあたたかい
尊敬する 大好きな 女性《ヒト》

白衣の天使？
ううん、救われてるのは私達

不思議だね
触れあうことがこれなにも嬉しい
涙がでそうになる

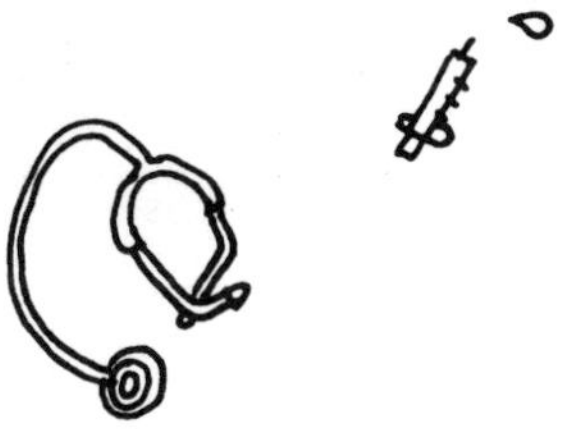

哀しみをたくさん知っているから
幸せを感じられるのだろう

人の人生には終わりがくる
長い短いに関係なく
あなたが ここで生きていたことは事実
忘れないでほしい
あなたは愛されている
あなたは人を愛することができる
残せるものが たくさん ある

もしも今周囲に下を向いてる人がいたら
手を差しのべてあげて
すぐにその手をとることはできないかも
しれない
だから ずっと その手を差しのべてあげていて
いつでも その手を とれるように

もし手をとったら一緒に 歩いてあげて
すぐに歩きだすことは できないかも
しれない
だから 一歩ずつ ゆっくり一緒に歩いてあげて

そうしたら きっと あなたの中の
何かもかわる

本当のことを知りたい
でなければ
あなたを守ることも愛することも
できないから
同じ方向を見て歩いていきたいの
本当のこと教えて下さい

なんであんな男《ヒト》好きだったのか
今では思いだせない
家庭を選ぶこともできず
私を選ぶこともできず
誰も傷つけたくないなんてキレイ事
彼が守ろうとしたのは
私ではなく自分自身

誠実とは まことに 淋しい言葉だ
ビリー ジョエルを 聞きながら
涙する夜

— HONESTY —

1人の時間も大切
いつも誰かといたのでは
大切なことを忘れそうだから

1人になってわかること

年老いてゆく
皆年老いてゆく
自分のことばかりできづかなかった
父、母 あたり前にある存在
皆年老いてゆく
この胸の痛みは なんだろう

真っすぐでいたい
そう思えば思うほど
そう生きようとすればするほど傷つくのかな
でも真っすぐな自分でいたい

ずるい人っている
でも真っすぐにぶつかれば
きっとその人の心を動かすことができる
無理に変えようとするのではなく
そういうんだと割りきるのではなく
それでも真っすぐにぶつかれば
少しずつ心ほぐしていける
そんな気がする

2ヶ月の子供を抱っこしながら
手を振る彼女
バスから手を振る私
あたり前にそこにある愛
ふと独りぼっちのような気がして
涙がでた

小さなあたたかさを たくさん集めて
大きなぬくもりにしていくことしかできない

「言わなくてもわかってるよ」
あなたの言葉が心にしみる

強くなれてない
でも弱くもない

思いきり泣こう
泣くところからはじめよう

彼には自由でいてほしい
彼の時間大切にしてほしい
私も私の時間ほしい
お互いちがう場所で
いろんなことを感じるから
2人になった時
たくさんプラスになってゆく

君を色にたとえると 空の色
そんな事 言われても ハズかしい

胸に傷がある
手術のあと

心に傷がある
〝キレイだよ〟彼の言葉に救われた

ふと入ったコーヒー専門店
深くて優しくて哀しい絵
いろいろなブルーやグリーン
海の底みたい
また会いたくなって足が向いた
なのにお店　つぶれてた
もう2度と会えない深くて哀しい絵

海の中はキレイだった
面倒なこと、時間すべて忘れてた
インストラクターの彼を亡くした彼女が
それでも海にもぐるのがわかった気する
決して消えない事実、現実ってあるけど
心がただ自然に

海の中に溶けていく
無言で受けとめてくれる

音のない空間

近くにありすぎて気づかないものって
意外とたくさんある

ねぇ 愛情いっぱいで育った
あなたの笑顔が 私には
まぶしすぎるよ

1人の時間もいいかもしれない
本を読んだり ジャズを聞いて

♪〜♫〜

1人の時間を楽しめるようになって
人のあたたかさを知る

してもらえることまってる？
優しくしてもらえる
おごってもらえる
買ってもらえる
愛してもらえる
あたり前じゃないんだよ
気持ちがあるんだよ

幸せはその人の心の中にある
人とくらべる必要なんてない

どうして人を傷つけるのかな
多分　自分も　それ以上に傷つくのに
そんなことをしても　愛されないこと
あなたが一番よく　わかってるのに
そんなことしなくても　あなたは
ちゃんとここにいる　　存在してる
この世にたった1人しか　存在しないんだよ
自分を　大事にしようよ
自分を傷つけないでよ

過ちを おかさない人間なんて いるのかな
人間だもん あるよね 1つや2つ
でもさ その過ちに 気づけば
いくらでも やり直しはきくよね
過ちをおかしたぶん 皆 背負うもの
は 来るけど… やり直せる

ジョーダンばかり
優しいことなんて言いやしない
大丈夫？ 優しく声をかけてくる人が
どれだけ私をわかっていてくれるのだろう

ジョーダンばかり
でも私のほんの少しの心の変化・表情が
わかるのね
黙って肩をたたく優しさ

言葉じゃないのかも 大切なことって

しばらく会っていない
声聴いていない
今はメールでのやりとり
大切な男友達
顔が見えないから素直に言えるね
何で夜は淋しくなるの？
男の人もこんなふうに思うんだ
あいつの文字は素直で優しい
だから私も素直に思う
私はあなたの味方だよ
いつでも心の側にいる

心地よい場所

男も女も同じ
同じように痛みを感じてる

海のような人
深くて静かで大きい

私はいつもここにいるよ
変わらぬ場所で"

あなたの言葉は人を傷つけたりしない
それなの側にいればわかる

あなたにしかないもの
他の人にはないものをあなたは持ってる

その人らしさ大切にしてあげたい
たくさんの可能性を秘めてるもの

じっくりコトコト　味のある人生を
煮こんで下さい

電車の中
同じようなスーツを着て
同じようなかばんを持つ男の人達
居眠りしてる人
書類を手に ため息をついてる人
ケイタイで話しながらしきりに頭下げる人
男の人は女の人より 気分転換するのが
ヘタなのかも
心こわさなければ いいけれど

人は皆1人だけれど
1人で頑張らなくてはいけないこと
歩かなきゃ前へ進めないこと
多いけど
だから少しお休みできる場所
心がお休みできる場所が
必要だね

かっこ悪くてもいいじゃない
みっともなくなれる人の方が
かっこいいと思うんだけど

男が女を守るなんて決まってないんだよ
哀しみやつらさから時には私が守ってあげる
2人でいるから　強くもなれるし
あたたかくなれる
そんなふうに　歩いてゆこう

右へ行ってダメなら左へ行けばいいさ
道はいくらでもある
歩くことをやめない限り

目が見えること
耳が聴こえること
触れられること
歩けること
あたり前すぎて感じてないんじゃない？
好きな人の笑顔
笑い声
ぬくもり
肩を並べて歩く
1つ1つを感じてる？

まぶしく照りつける太陽は
誰にでも平等

人が人を傷つけるけど
救ってくれるのも人

「いってらっしゃい」近所のおばさんの声
母からの宅急便
ソファーに腰をおろすと すりよってくる犬
私の手を一生懸命つかんでいる小さな手
振りかえると いつもそこにある笑顔
友達からの手紙
午前0時に入る おめでとうのメール
明かりのついた窓

たくさん あふれてる

優しい色
優しい音
優しい肌ざわり
優しい匂い
優しい味

いろんな優しさ 感じてる

ありがとう
ただ隣にいてくれて

人の人生には終わりがくる
最後に私の人生は素晴らしかったと
言いたい
生きているうちに出会える人は限られている
せっかく出会った人達と
たくさん わかりあいたい
人と人って あったかいんだよって
思える人生でありたい

なんでそんなに強くなれるの？

強くなんかないよ
みんながいたから
みんながいるから

これからも人を愛するだろう
そしてまた悩み傷つくだろう
不器用でもいいよ
人と人のつながり
それがあたたかいものだから

明日が見えない時もある
あたたかいなんて
感じられない時もある
それはそれでいいよ
きづく時がある
そこにたくさん あふれていること

心の温度。

あなたの大切な人達は
元気にしていますか？

心の温度は？
そっと触れてみてほしい

Profile ＊プロフィール

JASRAC 0116520-101号

あたたかいもの

2002年3月15日　初版第1刷発行

著者／天音
発行者／瓜谷 綱延
発行所／株式会社　文芸社
〒160-0022　東京都新宿区新宿1-10-1
電話　03-5369-3060（代表）
03-5369-2299（営業）
振替 00190-8-728265

印刷所／株式会社　平河工業社

ISBN4-8355-3446-8 C0092